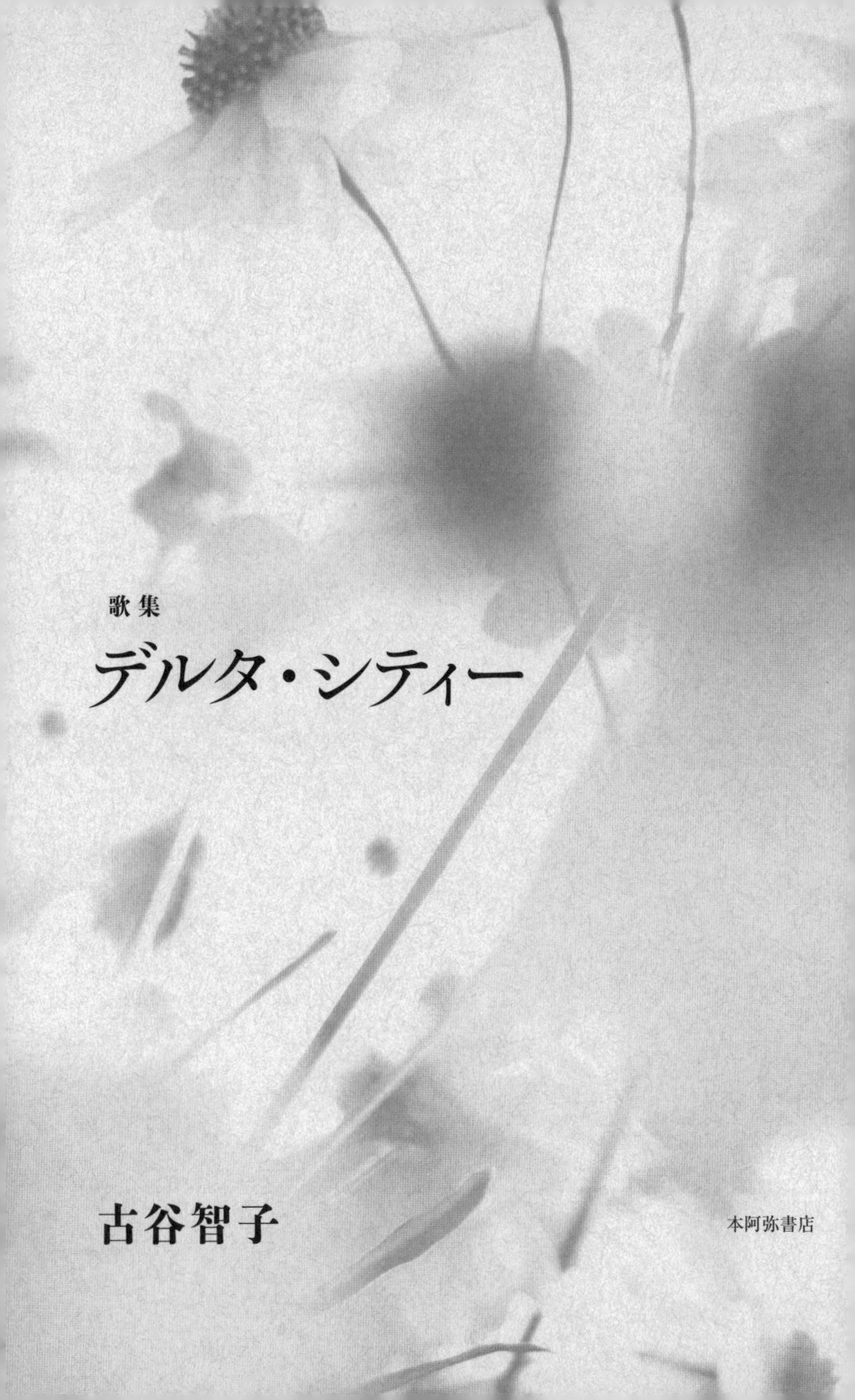

歌集

デルタ・シティー

古谷智子

本阿弥書店

＊デルタ・シティー　目次

I

Ⅳ

V

後記

装幀　小川邦恵

284

歌集　デルタ・シティー

古谷智子

I

したたるやうな

うつすらと光りて乳房のやうな雲ゆれて流れ
てしたたるやうな

とどかないとどかないよところあげて雲に手
をふる欅の一樹

雨後の地にはりつく黒き八手の葉ふとぶとと
して農の手のごと

赤茄子の傷にもぐりていつまでも出でこぬ花の潜《むぐ》りしづけし

思ひ出は日ごとに重し浮きあがる文月のあゆみをすこしとどめて

やうやくに八万時間これだけの時経てしづか
に振り返る死者

在りて寡黙まして失せたる歳月のながき沈黙
照らす迎へ火

どこまでが遺志かどこまで保つべき都市農園
か熟るる赤茄子

思ひ出はドラマのごとし一幕が閉ぢられ舅の
家が壊され

カーテンもとらず壊すか真白きを吊りたる壁
のいちまいが立つ

野晒しの半壊の家　襖絵の富士も暮れゐつ朱
に染まりつつ

木洩れ日が枝をすべりて葉もれ日が形見の麦
藁帽子をすべる

里芋の葉はゆれやすし文月のだれの便りかき
らりきらりと

をうをうとおらびて魂《たま》をおろせしと聞きしが
魂呼ぶ人も逝きたり

回遊魚

ほつほつと白き十薬みひらける森ゆく昭和の
子供となりて

失ひし記憶はかへるしらじらと揺れて十薬香りこぼせり

亡き人にこころちかづく一歩づつ天の住処に寄りゆくやうに

ほろほろと額紫陽花の花零れ思ひ出こぼれ甦《かへ》りくる父

いつからを過去といふのか光りつつ亡き人の影天をよぎりぬ

稜線は溶けてゆるみぬ青すすきゆるれば一山
音なく動く

むきだしの腕ここちよし立秋をすぎていまな
ほ消え残る熱

群れ立てる木賊《とくさ》うすやみふるさとの厨の匂ひただよふやうな

回遊魚みてきたる子のやはらかき産毛しつとり濡れて眠れる

午前二時の雷鳴ひびく寝入りては引き戻され
てこまぎれの夢

米国の市場情報ながれくる詩情かすかにしな
はせながら

メリルリンチ、リーマンブラザーズ百年の太
平どろりと世を押し流す

午後四時のダービールームの倦怠にゆらめく
やうな水割りがくる

ジオラマの馬の疾走八階よりみれば必死とい
ふもはるけし

ひとすぢの糸

水切りののちのひまはり葉先まで産毛するど
くそそりたつなり

いがいがの栗そそりつつ毬のままこのまま熟
れてそれでいいのに

水面がめくれて枝にぶらさがるダリの時計の
のちの百年

「記憶の固執」はなくて「記憶の固執の崩壊」
をみる上野の森に

サルバドール・ダリのあをぞらふかぶかと天
のまなかをはしる切り傷

黄葉はいまだ散らずも永遠に散らぬ絵画の一《いち》木《ぼく》のやう

高速に乗る桐簞笥ふるさとの但馬をいでて寂しむころか

冷蔵庫にしまひし「名月」巨大梨とつぷり冷
えむ月の芯まで

もつともまぶしきが最も深き闇たたへて夜の
海のひろがり

宴まだつづきてをらむ一筋の糸ひくやうにこころは残る

夏の墨蹟

最上川濁りて昨夜《きぞ》の雨みつる水面《みなも》ゆれ初めまた今日の雨

石の肌荒々しきに雨ひかり千のきざはしけぶる山寺

水道工はたまた忍者かみちのくの山ゆく芭蕉の肩幅広し

ほろほろとほどけて下山の膝軽し釣舟草の朱《あけ》をゆらして

石垣に垂れて稔れるやまごばう九月半ばの茎立ち赤し

棟高き「聴禽書屋」よ　囲ひこむ雪よけ柱に
しのぶ積雪

つばくらめの喉《のみど》は赤しまぼろしを仰ぎて視線
あつまる軒に

初秋《はつあき》のひかりは映えて少年の茂吉爪絵にはみだす朱色

「金瓶軍総督任ず」と戯れの茂吉少年夏の墨跡

方形の石組みは火葬の跡にして稔りの稲の波
打つ真中

母を焼く火をもつ茂吉の仰ぎしは五月の空か
暮れ初めにけむ

高麗川辺り

小雨けぶる青梅街道わけてゆく先へさきへと
こころは奔り

ゆるやかな流れにそひて緑藻のゆらぎ透き見ゆ　水の息見ゆ

瀬をわたる子らのスカートぐつしよりと濡れてゆらめく尾鰭の赤さ

水破り飛びたる山女の銀の腹　小柄ひとふり
ひらめくごとし

高麗錦　紐解き放《さ》けて　寝るが上に　何《あ》ど為《せ》ろとかも　あや
に愛《かな》しき　（万葉集巻十四）

ほんのりと紅しも日和田山《ひわだやま》を背に万葉恋歌彫
られし岩は

高麗川《こまがは》の河原は温しまどろめる女男《めを》か息なき
ごときしづけさ

千二百年前のさびしさ高麗錦《こまにしき》織《お》りたる絹のほ
そき花びら

さびしさは燃ゆるか高麗の曼珠沙華　いまだ異郷にある拉致家族

「ゆつくりと行かれよ」といふ登山口売店の老いは腰をのばして

頂に登れば高麗川蛇行する背が秋の日にぬらりと光る

紫苑ゆれ朝鮮菊ゆれ雨後の風さらりとすずし
地はしめりつつ

神無月の神に逢はずて下山する里いちめんに
緋の曼珠沙華

箔ゆらしつつ

みづうみの光の箔をゆらしつつ鳰に追はれし
魚跳ね上がる

べたなぎの水のくるしさ出口なき奥浜名湖に
澪ひく船は

にぎりめしの塵のひとつを島にせしだいだら
ぼつちの我儘気儘

いにしへの雨禁獄の日につづく晴れかも白河
院のわがまま

こほろぎの鳴くやあがたの真淵の書『万葉考』
の水ぐき細し

のめりつつほがらほがらに『冠辞考《くわんじかう》』つづる
真淵の鼻梁の長さ

異名十五妻帯三度そのたびに肥えし首かも襟
抜きん出て

「犀《さい》ヶ崖《がけ》」に落ち込みし人馬の影ゆれる葉陰
木陰に風ゆれさわぎ
笑ひつつ人馬呑みしか淵の底けらららかららと
水の音する

平成の浜北高校若武者のあるかあらぬかしんと声なし

はらはらと来てはらはらと去りゆける旅の終りの雨やはらかく

天のまぶた

晩秋のひかり衰へゆくかなたゆるやかに天の
まぶた下りゆく

くやしくて眠れぬことのなくなりし身の奥深
く咲く曼珠沙華

やはらかくゆるる紅葉ゆつたりと肩よりぬけ
てゆく神がある

「昼のいこい」ながれて今日もすこやかな飢ゑにいたれば飢ゑにしたがふ

電源は身のどこならむかすかなる音に心電図は波打つものを

胸腔をひろげて息をとめしときわが白骨に射し入りしもの

細やかな川越唐桟《とうざん》藍の色さらりと肩から胸へとながす

寒風のふきぬく下町人形町袷《あはせ》の胸をかき寄せてゆく

甲府なる「みぎわ」ひたひた人よりて澄みし泉のごとき歌会

稜線のうすむらさきにかこまれて甲斐は真冬
の風みつる器

冬のみどりご

みづうみのやうな葉の照りゆびさきにふれて
ゆらしてつはぶきの道

バス遣りてほつほつ歩く並木道さくら真裸い
ちやう素裸

ホームレスの寝袋ごろりと横たはるベンチ真
中を定位置として

一つベンチに一年暮らすと決めしにはあらざれ夜に夜をつぐ今日

倦怠をいれし体をつつみこむ寝袋つつみて倦怠がある

働けばはたらくほどに加速する貧しさごろりと棄つる平成

いつのまに退きし茜かキーを打つ窓辺しばらく潤ませゐしが

リービ英雄『越境の声』をもれいづる千年まへの歌の断片

節分の夜は雪なりあしおとを消して近づく鬼やあるべし

アスファルト打ちたる冬の路面より絹吐くやうな蒸気がのぼる

新しき道匂ひたつ重機去りしのち掃く箒の穂のしなやかさ

ゆつくりとゆつくりとゆくゆつくりと老ドライバーとなりゆく伴侶

「いまここにゐます」と告ぐるナビの位置脈打つごとく点滅しをり

みどりごの産毛は柔しうつすらとわかれなびきて右分けの額

額《ぬか》しろく光ればここに知恵の目のみひらくやうな冬のみどり児

エゴン・シーレ

新年の飾りはいらぬこの年の初め彩るみどり
ごのこゑ

大鼓《おほつづみ》打つ手が返る一瞬の反りのするどさ男の
手なり

忘れがたきこの夜《よ》と記しある日記書きたるこ
とさへ忘れてゐたり

青青《せいせい》たる庭の麦の芽たはむれに播きたるもの
にはげまされをり

通夜にゆく車窓のアパート窓ごとにしばし晴
れ間のシャツひるがへる

高枝にしばし預けしたましひが木の香をひき
てもどりくるなり

捻じ曲がるエゴン・シーレの自画像にまなこ
むき出すエゴン・シーレは

美術館の庭のベンチのうしろかげ老女の黒き
スカートゆるる

地の底に吸はるるごとし地下鉄へとつづく通
路にたまる夕闇

ひつたりと視線からませ歩きくるニグロの長身闇に紛れず

ティフアナへと入りゆくは易し列なして日がな揉み合ふ人も車も

客ひとりに群るる客引き真昼間のティファアナの白き土照りかへる

エジプト即詠

わきあがる真昼の雲のいただきにふれつつ銀の翼がよぎる

いづこまでゆかばこころの満つるやら空ゆく機影の澪ひくごとし

起き抜けの闇もはなやぐアフリカへつづく真冬の日本の寒気

早朝に出でて深夜のエジプトへわたる身は飛ぶ十五時間を

ハッサンはカイロ大学日本語科卒にて面輪はラムセス二世

日本語の発音にあはせて身をゆらすハッサン
にみる日本のリズム

サングラスをはづせば王家の谷いちめん散り
敷き舞ひたつひかりの坩堝

五千年前のみどりごのこゑひびく砂漠に墓の
影さす夕べ

掬ひてはペットボトルに流しこむサハラの不
毛の沙《すな》のかがやき

朝靄か砂の嵐かけむりつつピラミッドはも街区に近し

古王朝は五千年前つややかな石肌にふれし腕が痺れる

盗掘の穴の狭さよ身をかがめ下りくだりて玄
室の闇

ピラミッドの胎内熱し半袖のシャツが産着の
ごとくに湿る

カフラー王の墳墓の影がメンフラワー王の墳
墓にとどきて曲がる

湿気なきに冴えてアフリカ上空の三日月細し
ひかり鋭し

古王朝の首都メンフィスは裸足の子群れゐて
ちひさなちひさな部落

たくましき胸筋照りて横たはるラムセス二世
石にて匂ふ

風ふけば泣くとふ砂漠の巨石像　胸ふかぶか
と可視の傷あり

点在する兵舎の壁まで砂漠色　逃れがたなき
兵役はあり

憎しみの連鎖のはては今もなほ見えずて千年
まばたきのうち

往きは醒め還りはふかくねむりこけ越えしサ
ハラよ　いづれか夢は

ユリシーズ

流れゆく時さへ止まる茫々とめぐるアフリカ
母胎の匂ひ

旅はるか時をわたりてエジプトの大河の中洲
に舫ふ帆船

けふここに宿るとみさける旅に旅かさねてナ
イルの河口は碧し

バスタブの赤茶けし湯のわづかなる水深にしてエジプトの宿

亡き父にちかづく旅かゆらがざる一神教の生《あ》れたる大地

異国の旅、大和の旅のこもごもに溶けてわが
身に過ぐる歳月

旅は今どのあたりかも二の腕の疲れて重き荷
をゆり上ぐる

ユリシーズならば破船にただよへる冬の波間
か泳ぎ切るべし

父はなしはらからはなし亡き人の記憶をめぐ
るわがユリシーズ

II

春の脈

朝ごとにわが脈とりし父の指つめたかりしよ
春のはじめは

桜咲くころをかならず発熱の予兆はありて父
を曇らす

朝ごとの検温厭ひし少女期のひよわ非力は気
力におよぶ

戦後はや七十二年、父逝きて十七年の思ひ出の淵

知りてなほ識らざりしこと言ひてなほ謂はざりしことなほも戦中

まぼろしは濃し

さめぎはの夢をゆらして鶯の乱調するどきこゑの若さよ

ホーと鳴きケキョと響けば身のうちのはるけき森があかるむやうな

東海道鈍行にゆく窓外にながれて雨のさくら満開

剝き身なるわれは寒くて大輪の駿河桜の下闇
に入る

晴天にうすべに桜見上げては吐きいだすなり
こころの烟

ゆつくりと浮き沈みつつ洗面器が夢の真中の
川流れゆく

失せものはかならず戻るか濃く思ひかけたる
ものは戻り来たらず

花束のアーティチョークがぬけおちし夜の銀
座の車道あかるし

なにものにもあらざりし父になにものにもあ
らざる吾が香たてまつる

花前線は空にもあらむ南紀へとむかふ機内の
空気ゆるめり

打ち寄せる波に波のり砕け散るちから真白き
灘の荒磯

熊野灘この南端の春のいろ砕け散るとき声は洩れゐつ

いにしへの水軍の声　真裸の胸板　怒号　まぼろしは濃し

花の壺

はつに逢ふ神代曙うすべにの花に花触れ一樹
のさくら

頬にふれ肩にふれつつ地にふれて枝垂れ桜の
ふところ明し

亡き父にみせたき桜いな父がみせゐる桜か散
り初めにけり

ふきだまりのはなびら掬ふ白々とやはき人肌
のやうな温もり

花散りし東京すぎてさかのぼる房総半島いま
花の壺

まきもどす十日がほどの花の靄こころも十日
がほどを若やぐ

遠景にまなこをひきて身をひきて春の水田《みづた》の
しづけさ満たす

風わたる水田の畦についばめる鶸を見てより
饒舌となる

桜見にこよと米寿の母のこゑ　はよ来ねばわ
れも散つてしまふと

写真繰り語りつくせぬ老い母の部屋のストーブとろりと温し

あさかげゆふかげ

薄くひろくひかり延ばして空おほふ父のまなざし父祖のまなざし

天上に黒く浮き立つさくらばなひかり仰げば
花さへ昏し

湖底はるか四十メートルくらやみの水の中な
る春も闌けしか

正倉院文書に柿の一升の値《あたひ》のあれば親し上代

考へが過ぎておちいる沼底に午前零時のチャイムがひびく

ひさかたの雨の音する覚めぎはの夢の森さへ
潤ひながら

まろまろと夜盗虫のまろびでし春のキャベツ
の穴の明るさ

春キャベツ刻む手元にかろやかな音がまつはるよき電話あれ

終日をひとりこもれば天窓のあさかげゆふかげ机上を移る

伝ひこし噂のひとつやはらかく受けたる耳が
夜を眠らず

父亡くておとうとなくて浜木綿の白花ほそく
ほそく裂けゆく

素の水

岩伝ふ水に水がからみあふ春のさ水の力つよしも

滝壺につづく淀みの二つ三つ鮠の春子のひかりを散らす

雨傘をかたむけめぐる朝市の竹の子しっとり黒光りする

雨しきる海中公園肩ぬらし降りてゆくなり水の底へと

螺旋階段ゆつくりくだりて立つ水深十メートルのうなぞこの冷え

丸窓の視界濁りて腹白くよぎれる魚のたちまちに消ゆ

無数なる足の吸盤うごめかせ海鼠這ふなりガラスの窓に

海流のうねりにゆらぐ魚の群れみつつゆれゐる魚なりし身は

さらさらと柿の若葉のくまぐまをめぐりてひかりをかへす素の水

晴れ上がるほどにさびしき五月病　亡きおとうとの生まれし五月

ドルフィン・キック

なめらかにすべる水流泳ぎゆく身の凹凸《あふとつ》を埋《うづ》めながらに

ターンする刹那をもつとも力こめ壁ける左右《さう》の足は逸りて

泳ぎゐて痛む外反拇趾の指ドルフィン・キックに鰭うちながら

先行の水しぶき追ふ　追ひあげず遅れず水面《みなも》をうすく削ぎつつ

水を擦り水にまみれて水を抱く身の箍《たが》つぎつぎはずす愉悦に

水中をいでてふくらむ肺葉のすがやかにして
青める夕べ

肺呼吸のしづけきリズム泳ぎたるのちの星宿
またたくやうな

シャーロキアン

はつなつの朝の公園まめつぶのやうな赤帽一列にゆく

ひといきにこゑ吸ひ拳ふるはせて嬰児のおど
ろき五体はみだす

へその緒のぴんと立ちゐてはつ夏の果実のご
ときみどりごの腹

沈みゐて聞き分けがたき水中の響きは無音の水のかさなり

水圧を受けてしばしの水の底とほき記憶に触るるな誰も

繭ごもりゐし少女期をシャーロキアン推理の
ほそき理路恋ひながら

心まで抜かれて寝入りし夢にくるホームズの
ふかき吐息こそすれ

黒光りのドーベルマンの身のこなし『バスカヴィル家の犬』夢に飛ぶ

この頃もまだアフガンは戦争中だった

寡黙なる医師のワトソン見てきたるものは底なしアフガン帰り

ドイル生誕百五十年

お下げ髪ゆらしながらにのめりこみしコナン・ドイルは心霊主義者

亡き父の夕べの祈り天空が染まればかすかに雲間をもるる

終《つひ》の帰依かなはざりしよ神の辺に見ゆる空席
父の座ならむ

煙の木の花切り落とすくれなゐの春の霞を刈
りゆくやうに

レクイエム

原爆忌のあしたフォーレの「レクイエム」な
がれて時の裂け目に沈む

うら若き父さ迷ひし広島の空の奥処に立つきのこ雲

ただひとり聞くコンサート両脇の空席に亡きひとを座らせ

浮かびくる面輪は白し瞑目のしばしを死者は
闇にただよふ

生き急ぎし父の歩幅の広さなどふと思ひては
追ふ人の影

広島と聞けばゆらゆら身がゆれてこころが先
づ入るアンテナショップ

牡蠣めしの素《もと》にグラタンおかひじき有楽斎《うらくさい》の
たのしむところ

咲きさかる夾竹桃の紅《べに》は濃し亡きのちさらに
つのる父の香

書けとまた煽るはだれか書きつのるこころ与
へし者のこゑする

父はしづかに大手を開くうつすらとひかる備後の八月の空

亡き父の被爆者手帳ゆつくりとひらかれ真夏の天白うする

生まれたる意味などなくて意味ありて夏の真
中のこころ宙づり

Ⅲ

余光

いつからが春かうるめる西空の底に睦月の茜
あふるる

身のうちを駆けぬけてゆく歳月の余光のごと
く湧く旅ごころ

はるかなるひかり射し入る思ひ出のかなたに
亡父の広島の空

成り代りなりかはりては継ぐ記憶われならぬ
目に見たる安芸かも

広島はデルタ・シティーからうら若き学徒の父
の視界あかるむ

からみあふ記憶の網をこぼれ落つ朽ちたる柚子は被爆の果実

破れたる網のやうなる木漏れ日の下ゆく額《ぬか》を翳らせながら

七曲り

九段下二番出口の地にいづるエスカレーター
七曲りする

花見の群分けて入りゆく「昭和館」昼なほくらき歴史の洞に

戦争の記憶はなきに記録写真みれば知らざる記憶が生るる

花明りにつつまれ靖国参拝の五人一列ゆつく
りすすむ

識るべくて来し「遊就館」ひつそりと両翼広
ぐる零戦一機

亡きひとの視線がもるる大砲のうらに零戦
フードのかげに

堀わたる風は見えねどさくらばな寄せて散り
ぼふ白ほねのごと

いつからの夢かいつかは醒めるのかさくら吹雪けり千鳥ヶ淵に

雨は透く

降りしきる雨は透きたり二分咲きの菜の花か
すかにそよがせながら

古本に井伏鱒二を掬ひあげネットの深き海閉ざしたり

読み通す夜は長しも『黒い雨』いつしか被爆の街ゆくやうに

広島文理科大は父の母校

文理大とふ名を追ふ行間　ふつふつと熱もつ
本にまなこ焼かるる

学徒の父ありしは千田町《せんだまち》なりきページ半ばで
また立ち止まる

爆心地の街に差す傘ぼとぼとと驟雨は黒し音を伴ひ

洗ひてもあらひても消えぬ雨の跡ページ繰る手にまつはりやまぬ

広島の死者十万余・ソ連死者二千万余か　ゆ
る天秤

空《あ》きと読み空《むな》しとよみて空つぽの空　真つ青
な空《くう》を満たせり

緋鯉真鯉

咲くまへがいちばん旨し菜の花のつぼみほつほつ蕾めば摘みぬ

古本の『ヒロシマ・ノート』一円をよろこび
たちまちその値悲しき

書かれしは六十年代もうすでに霞み初めしか
被爆の記憶

初めての東京五輪　初版本『ヒロシマ・ノート』の裏に透き見ゆ

『ピカドン』は今に残らず絵本なる酷き場面に添ふ語のやさし

「砂のごとくづれし友の背」ひらがなに書かれてさらさら読みし原爆

挿絵なれど赤子のましろき屍《しかばね》のあひだを緋鯉真鯉が泳ぐ

検閲になべてが焼かれ残らざる　絵本といへど国は怖るる

呼ばれたる思ひに旅立つ広島の春のドームはまばたくごとし

まぎれゐるごと

どしやぶりの午後の広島ふはふはとクラゲの
やうにゆく傘の群

黒き雨ふりし広島　学徒なりし父の後背まぎれゐるごと

ドームの壁できるかぎりズームせし写真に素肌がざわざわとする

春の風わたるドームの洞暗くただいちめんに
灯るタンポポ

慰霊塔のまなかに浮かぶはるかなる原爆ドー
ムまぼろしならず

元安川の桟橋カフェにひとあふれ英語仏語のなかの日本語

ここにして群れしひとびと爆心の川は底から煮え立つものを

うすがみを重ねし歳月　夏ごとに剝ぐうすがみにこころ潰るる

資料館めぐる異国のたびびとの背に背よ重たく進まぬものを

十五歳秋田耕三　広島の一中生にて焼衣は遺る

三歳と十一カ月の三輪車　鉄谷伸一の身は蕩けたり

ハンドルもペダルも欠けて深き錆噴きつづけたる七十余年

白壁に垂れていくすぢ黒き雨の跡しめやかな遺言《ゐごん》のごとし

極まれるしづけさに満つ　黒き雨ゑがきし文字の永久の神託

また来ます　わがつぶやきを打ち消して春の驟雨の音は高しも

いくたびもドーム見上げて満つるなし終の地
にしてつひの原点

風はこゑかも

父通ひし広島大学跡地までゆつくり走れよ広
電二両

被爆市電いづこ走るか七十年のちの市街をかげろひながら

広島文理大跡

赤煉瓦の校舎残れり　耐へがたきにたへて爆風のあとを刻めり

ひつたりと八時四十分をさす　学舎の時計の
針はひかりて

樟《くす》の芽のふるる窓辺に立ちつくす学徒の父の
白き後背

セコイヤの新芽けぶれりここに果てし被爆学徒の荼毘かげろへり

ただ一度父は洩らせり被爆者の山と積まれてをりし日赤

訪《と》ひしことあらずてすでに見し記憶あるは切なし父の形代《かたしろ》

胎児なりしわれのまなこのしめやかな発芽うながす春の広島

デルタ・シティーに身ごもりし母　かすかなる記憶の尾びれに浮く千田町

六車線道路ひろびろつらなれるここ爆心地骨敷くところ

そのままに埋めるほかなき被爆者のしらほね
のうへに積むしらほねか

広島の藩邸の庭ひつそりとめぐりて被爆の一
樹に出会ふ

爆風にかたむく銀杏かたむきしままにさみどりさやぐ胴吹き

被爆者の群れし池水　新緑の水面をわたる風はこゑかも

春の曼陀羅

地は深く傷つくものかあらくさの春の芽吹きに覆はれながら

ヒロシマの開花標準木にして幹にさゆらぐ忍草あり

広島城の大き石垣くつきりと残る被爆のあとの白濁

新緑の広島城址しろじろと大本営の礎石浮き立つ

さざなみは光の断片ゆらゆらととどまらずして春の曼陀羅

橋げたに水くらぐらと淀みつつからまる髪の
やうな藻の翳

ドームより慰霊塔へと人渡すこころのやうな
蓬萊橋よ

音《ね》はたちまち六腑にひびく「原爆の子」の碑
の鐘をうち鳴らすとき

湧き出だす修学旅行の丸坊主　春の原爆ドー
ムはなやぐ

グループでめぐる修学旅行生　なすな隊列なすな戦列

もう戦に駆りださるるな駆りだすなドームの樟の新芽わきたつ

Ⅳ

眼光

めくれたる波のうらがは滑らかにひかる夕べの土佐のさみどり

ひんがしの薄紅、西のはなだいろ落日あはく
海を染め分く

たたずみて海をみる人その背《そびら》みつめるわれも
みな旅の途次

かの幸徳秋水の墓ほそみちを登りくねりてどん詰まりなり

墓碑銘の文字なめらかに四十歳《しじふ》とはまだ秋水となりきらぬ川

検察と裁判所並ぶうら山の墓なり見張りのとけぬ秋水

墓の辺に摘みしママコノシリヌグヒ感傷甘き指を刺すなり

眼光は圧するばかり秋水の切れ長みひらく土
佐の蒼天

洩れてくるなり

つぎつぎに人呑みこみて底なしの天の洞あり
茜の深さ

秋明菊の白き一重のゆれるたび洩れてくるなり生前の声

はつあきの雲を見上げてみひらきて三ケ月《みつき》のみどりご嗚呼と洩らせり

体力が落ちて銃身下がりたるやうに議論の重心下がる

視野狭窄こころにもあり　しかと視る力はスポーツクラブで鍛ふ

絶唱とあふぐたそがれ動かざる雲間をもるる
ひかりはアリア

午前二時の背後くらやみふりむけば菊の香り
がゆらぎ初めたり

モニター

ゆつくりと羊雲ゆく川の面ゆらゆら秋の草穂
をわけて

五十年を川のほとりに生ひ茂るこの幹この枝《え》も野川の支流

明日はまた入院の夫つぎつぎに電話す未決の事務処理がある

モニターに消えては映る心臓の大動脈はまだ
生きてゐる

血管は分かれわかれて千筋《ちすぢ》なる緋の曼殊沙華
しだれしだるる

手をあげて入りゆきしが手術室よりいでくるまでをそばだつ耳目

さらさらと零れし落葉がいつのまに積みたる胸か　傘を忘るる

ひかりの束

朝の陽になだれ零れてセコイアの紅葉溶け出す池の面まで

メタセコイア古代の空気たもつにはあらねど巡りのひかり涼しも
春日井建『井泉』

メタセコイア仰げばはるけき二億年ありて見えざる時間の穂先

枝型のしづけく透けりメタセコイア早春の日を背より受けつつ
同右

いま少しいま少しとぞ乞ふいのち二億年後の霧にもみたず

四階の病窓はるかにながれゆく風のすがたは
ポプラのさやぎ

岩波文庫『斎藤茂吉随筆集』

手術待つこころゆらゆらゆれながら「ドナウ
源流行」遡るなり

夫の心臓手術は三度目となる

一時間のち三十度の斜度を得し術後のベッド
によみがへる笑み

バスふたつ電車ふたつを乗り継ぎて寒《かん》の通院
たそがれ早し

若者の拍動つよき心臓の波かきわけてゆく交差点

ひつそりと逝きたるレヴィ＝ストロース百一度目の紅葉燃えたつ

細くほそく枝分かれする襞に沿ひこの世の思
想おぼろとなりぬ

椿事おこる兆しのごとし　降りつのる都心の
雪は黒ずみながら

匂ひたつ素心蠟梅たれもかれも枝ひきよせて
目を閉づるなり

待ち合せにいとまある午後初春《はつはる》の鎌倉いづこ
へゆきても古刹

先づ撫でむと寄る賓頭盧《びんづる》の左胸ひときは黒し
剝げにはげゐて

薄闇をひらく金色《こんじき》の観世音三丈の身は楠のい
ちぼく

一千年立ちて半眼ゆるみなきひかりの先のさきに入りゆく

しづかなる力みたして押し寄するひかりの束を春とや言はむ

白亜紀

つはぶきは今年咲き年　十五年通ふ道のべ黄のあかり充つ

つぎつぎに入りくるファックス滑らかな韻律
にして歌を吐き出す

議論はげしくゆきかふ部屋にさしこみて秋終
焉の夕べのひかり

言ひにくきをいつてしまへばどこまでも奔る
言葉か六腑をぬけて

言ひ足るとも言はれ足るとも言ひがたく職場
の事務椅子ひき寄するなり

開館を待つ芝の庭くつきりと射す二葉館大屋根のかげ

吹き溜りのもみぢ踏みゆくおのづから散り伏すものの声の低さよ

夕闇にたちくる死者か黄葉の散り敷くあたり
ほのかあかるむ

三畳紀、ジュラ紀、白亜紀セコイアの木下に
たてば父祖なき時代

冬学

仕事始めの挨拶回りに声たかく力こめればこころ冴えゆく

元旦のテロ犠牲者は百人とふ外電はるけきパ
キスタン発

パキスタン、パキスタンとふ韻律に「清浄な
国」の名が弾むなり

冬学《とうがく》のときにて年の余《よ》、日の余あり　しづかに時の余そひて雨ふる

あなどれぬ手力三歳《みつ》のをみなごは手水の厚き氷ひきあぐ

励ましの一行つねある一枚の賀状きたらず冨士田元彦

高瀬一誌、冨士田元彦ふとぶととまろき筆跡似てインクの香

自転車の荷台に白百合ゆらしつつ帰りゆく先
過去かも知れぬ

オリエントは日出づるところ東方に生まれし
謎のひとつか薔薇は

西洋の史観なれどもうつくしきひびきしづか
に呼ぶ〈オリエント〉

弓引くかたち

なつかしきチュニジア、チュニスさ緑の波逆
巻ける古代の海よ

かのアレキサンドリアの海　体ごと思想まるごと吹き飛ばす風

地中海の波間をわけて飛び交へるインターネットが統べる革命

連音符のごときアラビア文字おどる「スローガン」とは「鬨のこゑ」の意

はつはるの地球儀全円照りわたる尖閣諸島は芥子のごまつぶ

愛知一中予科練決起大会にゐたりしといふ物
言ひしづか

聞くべきを聴きておかねば隣席に眼光するど
き八十五歳

まばたきをせざる視線の貪欲に吸ひては惜し
げもなく放つ火を

古地図なる日本列島きりきりと米大陸に弓引
くかたち

V

白布一床

色としもなくふり積みていつよりか白布《はくふ》のごとき坪庭の雪

九州の訃報は人よりひとをへて寒のもどりの
東国に落つ

みつしりと覆ふゆきぐも天界の光を鎖して声
を閉ざして

雨の路地をかけぬけてゆく黒白の猫の肢体の
しなやかな反り

父母祖父母ひきつけやまぬ海浜に病むをさな
ごのかぼそき声は

春の波打ち寄せやまぬ海浜の小児病棟ただよふごとし

ひとひらの腎臓の弁ちひさかる五臓の闇にひらめきてゐむ

をさなくてすべなき時間ながれゆく白布一床
病棟の春

パワースポット

咲き盛るミモザは幹ごとゆつさりと風に揺れ
ゐる檄のごとしも

明日いよいよ手術となりし子をつつみ弥生の
雨にけむる病棟

入院のすでに旬日かたときも外せぬ点滴右手《めて》
より左手《ゆんで》

四歳の腹部すべらかいまごろははや入るメス
か問ふさへかなし

詮無くもふたたびみたび京よりの念を送らな
清水にゐて

両翼をひろげる本殿清水の総桧皮葺《ひはだぶ》き濡れ羽色なる

雨けむる観世音菩薩うすぐらき御堂の奥に御目もみえず

永観を見かへる阿弥陀に会ひたしと来たるは
慈悲に会ひたきこころ

三尺に満たぬ阿弥陀の笑みあはく見かへる背
後の闇にわが立つ

粟田山上空にして蓮月の筆跡やはく弧をゑがく雲

青蓮院ゆきすぎがたし大楠の雲なすところ青葉の香り

栗田山の山裾ふかく籠りたる鉄幹、晶子の手
触れし木肌

こはまさにパワースポット大楠の幹に晶子が
触れたる力

いただきしパワーは仕舞ひてもちかへる入院中の四歳の子へ

風の尾

荷の重き仕事終へきてただひとりゆく疏水べり「哲学のみち」

さやさやと流れに添ひゆく水草のさやぎは水
に映りしこころ

をりをりにゆるる木漏れ日風の尾のふれきて
肩の力ぬけとふ

ひとりなるこころは游ぶ水に樹に魚にをりをり成り変はりつつ

動かねど鯉のむなびれ休みなくひらめきてをり止《とど》まるために

銀閣へつづく参道竹垣をぬけくる細き風のいくすぢ

大海をかたどる砂の銀沙灘《ぎんしやだん》雨後をあまたの羽虫とびかふ

梅雨ぐもる京の北山みえずして霧の法衣をまとふしづけさ

御堂《みだう》守に乞はれし脱帽ここよりは面素《おもて》のまま心素《こころ》のまま

拝したる半跏思惟像　御仏の思案なかばの瞑目やよし

ほつほつと御室桜《おむろざくら》の実のみえて出で入る鶸のこゑさへ洩れず

金堂は元《もと》紫宸殿みつめるゐる妃《きさき》の視線にふるる
がごとし

無鄰菴

新芽いまだ吹かぬ庭園さらさらと浅瀬に弥生
のひかり流して

日露戦争はきらびやかな部屋で決定された

きらびやかな金碧花鳥図狩野派のはなやぎ見つつ決めし戦か

小児病棟激震

十階の春のなかぞら麻酔まださめやらぬ子の
眠る病室

うつそりと濃き息たまる順天堂小児科病棟いくどめの夜か

「日が暮れるその前のあと」マクベスの魔女がひそかに呟きかける

「点滴も注射も好きだよ」をさなごの祖母を
気遣ふささやきやさし

小児遊戯室

予後の身を養ふ子らのリズムとりマラカスを
振る小児病棟

3・11　東日本大震災

中空をつたふ地鳴りか地震とも知らずおもはず子ら叫びたつ

小児病棟とどろき揺るる十階の床撓ひつつすべる悲鳴は

音たてて落ちる玩具にとぶ絵本点滴棒の脚は
奔りて

をさなごを覆ふは母か看護師かはしる点滴の
棒にぎり締む

いつ止むかと問はれてゆつくり合はせゆく幼きこゑのカウントダウン

カウントダウン0に合はせて去る激震いまだ立てねど子の背やはらぐ

澄みわたる目に十階の空映し乳呑児はしかと
地震みてをり

廃墟の月

激震にまなこ閉ぢゐて晴天か曇天なりしか記憶は濁る

雲間ゆく月の巨大さ激震ののちの十五夜ぽかりと白し

晶子詠ひし廃墟の月か　はるかなる激震余波の天空にあり

やはく反る海岸線の濃みどりの地の傷深し今朝のニュースに

「波打てる大地あゆめず」受話器より鋭《と》き声ひびく園児率《ゐ》るひと

三万の死のひとつひとつ語られて乳呑児負ひたる若き妻の死

「ぼくよりも祖母を」と乞ひし少年の声はくきやか万語のなかに

気仙沼、相馬、女川《をながは》、大船渡、地理くつきり
と刻む脳裏に

恃めるか恃めえざるか激震ののちの月明街衢
を浄む

満月ののちはふつかの雨つづき弥生の天の瞑目深し

芽吹きたる柿のさみどり窓近くゆるる若葉を透き来しひかり

大津波の先端の水　あまりにも静かに戸口を濡らす映像

海、海斗、広海《ひろみ》、美海《みうみ》とテロップにながるる津波に呑まれし子の名

仰ぎ見る視野のかぎりに薄墨の雲流れゆく音
もたてずに

ほぐれつつ結ぼれにつつ大空を雲のかたちに
ながるる時は

天のアルバム

くるくるとめぐる天気の雨ののち晴れてゆふべの十薬匂ふ

春浅きみちのくの旅　もどり寒の関東を出て
なほ寒き地か

岩手県宮古市大震災一年

乗り込みし「はやて」101・四号車・四列・C
席死者黙す地へ

堤防の鉄柱ねぢれて傾ぐ腹撫ぜれば津波の腕
力つたふ

ふみしめる浄土ヶ浜に吹く風のことさら羞《やさ》し
弥生旬日

死者の手に鞣されたるや　べた凪の浄土ヶ浜
の水触れがたし

せきあぐる胸苦しさは船酔ひか逝きてもどら
ぬ人呼ぶこゑか

船窓に近づく鳥の白き腹なまなまとして身は
ただよへり

こちらから入るのですと流されし家の玄関跡
より入る

壊滅の町をふたたび見に来てと言はねばならぬか言はれたぢろぐ

白雲に逝きたるほほゑみかさねては消して天空アルバムのごと

はるか彼岸のこゑの低さよつややかな小春日
ゆれるほどの思ひ出

あなたへと伸べてとどかぬ天の距離　「風の
電話」にこゑはひびきて

夭折は痛切にして巻き戻すおとうとの若き声やはらかし

「ああ」と聞けばただそれだけで一年はこころの飢ゑをしのげる声音《こわね》

古代のごとし

ライムギをしぼるウオッカ　痺れゆく聖餐の
夜の身は燃えながら

廃ビルを覆ひつくせる蔦のいろ青々として古代のごとし

石棺を覆ふシェルター三十年へたる最果てチェルノブイリに

巨大なるシェルターゆつくり覆ひゆく廃炉四
号永久に閉ざして

もどり来しデルタ地域にこまごまと野菜そだ
てて住むひとの笑み

神あらぬ世紀かロシアの片田舎こどもの喉が
腫れてゆくなり

フクシマの子ら七百人ほの白く腫れたる喉を
晒せり天に

同じレベル7のフクシマ2号炉の覆ひは白雲
とぶ空の色

被曝地をのがれたる子を「菌」と呼ぶたつた
一つのこの被爆国

フクシマを逃れ来し子が死をおもふ小学校の
門のうちがは

原発の再開告ぐるこゑつねに早口にして消え
去る語尾が

きのこ雲消えしが不可視の妖雲の残像しんと
おほふ列島

植物園の人まばらなるロータリーこゑをひそ
めて咲く薔薇〈ピース〉

ガラスの器

クリスマス・イブの午後四時うつすらと入日
の紅は消え残るなり

いくさせぬ七十余年のナイトビュー溶けこむ
グラスワインを呷《あふ》る

クリスマスの湾に夕凪ただよひてアリゾナ号
の油《ゆ》は虹のいろ

ヒロシマへアリゾナ号へこもごもに行きたる
首脳の身に巣くふ〈核〉

夕映えのこゑはしづかに充ちあふれはるかな
死者をまた呼びもどす

告げえざる憂ひをひきて広島の閃光ながきこ
ころの火照り

ひりひりと孤心を研げばひかりだす棄教の父
の黒きバイブル

見せざりし被爆者手帳　喉もとの棘のごときが疼く八月

沈黙に力籠めたり背をたてるちからしづかなこころのちから

チェルノブイリ、チョーク・リバーに広島に
フクシマしづけき文殊のあれな

満開のミモザをゆらす春嵐この世ぬけゆくた
ましひひとつ

ゆつくりとなめされし夢盛られたるガラスの
器のやうな歳月

後記

『デルタ・シティー』は、二〇一二年に上梓した『立夏』につづく私の第七歌集となる。

二〇〇九年前後から、二〇一二年頃までの作品、四六五首を再構成して纏めた。前歌集に収録できなかったものをⅠ・Ⅱに収めると共に、主題に添って制作した近作をⅢとⅤの一部に収めた。

前集から七年を経たが、この間、近代歌人片山廣子の生涯につよく心を引かれ、幸いにも連載の場を頂き、その謙虚で真摯な歌をたどる文章を綴ることに力を注いだ。魅力的な女性歌人の姿を追う楽しさに時を奪われて、歌集を編むことをほとんど忘れていた。しかし、片山廣子とともにあった豊かな年月を糧に、新たな歌集に取り組むことができたのは大変幸せであった。

今年「令和」となったが、振り返れば、平成は自然の猛威に翻弄され続けた時代だった。

東日本大震災とそれに伴う原発事故は、忘れることが出来ない。東北はもとより、関東一円、さらに日本全土につよい恐怖と不安を呼んだ。私的には、このときまだ四歳であった孫が、腹部の手術のためにお茶の水の順天堂大学病院の十階に入院中であった。

三月十一日の小児病棟では、病に苦しむ入院中の子らを励ますために、集会室で音楽会が開かれていた。子供たちはしばし病気を忘れ、ボランティアのピアノに合わせてタンバリンやカスタネットを打ち鳴らし、友達との交流を楽しんでいた。そこに激震が襲った。突然の激しい揺れに幼子は叫び、術後の身を捩り、するすると滑る点滴の柱を握り締め、波うつ十階の床に伏した。私もあふれる子供達の悲鳴につつまれて、揺れやまぬ十階にただ茫然とおり、平成の大激震を身に深く記憶した。

また、震災にともなう原発事故は、どんな事故よりも衝撃が大きかった。広島の原爆がすぐに思い出された。学生であった父の被爆と、二人の弟の間接的な被爆の記憶が甦った。昭和二十年、広島文理科大学（広島大学の前身）に通っていた父は、たまたま遅刻をして投下地点から数駅はなれた通学途上で被爆した。駅の側溝に伏していたために、幸いに全くの無傷であった。

二人の弟は、被爆後に生れたいわゆる被爆二世だ。弟たちはこれといった支障もなく成長したが、父の不安には計り知れないものがあったのだろう。父が、朝に夕に検温をして記録した家族の「健康管理簿」は、数十年分ある。当時はいまわしく思われた検温だったが、いま振り返れば、被爆した者の口には出せない強い不安感の表れだった。この訴えることが出来ない際限のない深い不安こそが、為政者ならぬ庶民の負った昭和から平成にいたる歴史なのだと思う。

その父もそして母もすでに亡く、弟たちも、長弟は十七歳の若さで、次弟は昨年六十七歳で亡くなった。平成という時代は、私にとって、父母とはらからすべてを喪った大きな節目のときとなった。

誕生以来一度も訪れたことのない広島市街をじっくりと巡りたいという気持ちが強く湧いた。

一昨年の春、一週間にわたり広島に滞在し原爆ドームをいくたびも訪れ、今はもう縁者もいない父の下宿地や、母校である広島文理科大学跡地にも足を運んだ。昭和十九年、私はこの地で生を享けたのだ。

七十余年後の春の雨に濡れる原爆ドームは、薄い桃色のレンガがつやめき、哀しみが深くしみ込んだ壮麗な美しさだった。ドームの中のむき出しの地面には、タンポポが咲いていた。修学旅行生の鳴らす「原爆の子」の鐘の音には、思いがけなく落涙した。この地の記憶は、父の体験を通して、たしかに私の記憶のなかに刷り込まれていたのだと思う。

歌集題『デルタ・シティー』には、広島を重ねた。

広島は、七つの河川に挟まれた肥沃な三角洲に広がった都市で、「デルタ・シティー」とも呼ばれる。肥沃であるから多くの人々が住みつき、重要な大都市となった。その肥沃さゆえに発展を遂げた都市は、その発展ゆえに戦時の標的となり、原子爆弾の投下地になった。

水利が良いので冷却水を大量に必要とする原子力発電所もデルタ地帯に多く造られる。

一九八六年四月のチェルノブイリ原発四号炉の事故地も、ドニエプル川とプリピャチ川の合流点近くで人口湖のほとりだ。また、東日本大震災によって事故を起こした福島第一原子力発電所も、阿武隈山地から流れ込む多くの河川が河口を開く沖積平野でありデルタ地区だ。カナダのチョーク・リバーも、オタワ川とチョーク川の合流点だ。肥沃と繁栄の象徴が、破壊と恐怖の象徴となってしまった。原発だけではなく、文化の発展しきった大都市は、いつか必ず滅びる。古来の歴史が、それを証明している。

最も美しい風景が、もっとも忌わしいゴーストタウンになった例はあまたある。割り切れない大きな矛盾の上に、わたしたちは日々生活をしている。

デルタ・シティーを集題にしたのは、令和へと変わる節目に、被爆者であった父を通して身に刷り込んだ広島の記憶を消さないために、また、自らの反戦の意志を確かめておきたいという思いからだ。

集中には、国内外の旅行詠が入っているが、特にエジプトの歌が多い。この地もまた肥沃なナイル川流域にある壮大なデルタ地区だ。繁栄と滅亡を際限なく繰り返しつつ、四千余年の長大な歴史を築いてきた。その意味で、最も心を捉えるデルタ・シティーである。

歌集をまとめ終わって、数多くの歌を省いたにもかかわらず、収録数が思いがけなく多くなった。

容易には省き切れないぶ厚い日常の積み重ねの中で、歌は生まれ、時は流れていくのだという当然にあらためて深く心を打たれて、このまま収めることにした。

歌稿を纏めてから上梓まで時間を要したが、たまたま改元の年に当たり「令和」初年に刊行できることは、それなりに意味のあることだと喜んでいる。今回も多くの方々の援助があり心から感謝している。

常に温かく静かに援護して下さる中部短歌会代表の大塚寅彦さん、そして歌友の皆様に深く感謝申し上げます。校正に於いては丹波真人さんに大変お世話になりました。また先般、『片山廣子』の連載の場を用意して下さり、さらに上梓に力を注いで頂き、今回の歌集刊行についても熱心なお誘いを頂きました本阿弥書店の本阿弥秀雄様、奥田洋子社長、編集部の安田まどか様、本当に有難う御座いました。歌集上梓の踏ん切りをつける大きな切っ掛けとなりました。また内容にあった美しい装幀をして下さいました小川邦恵様に深く感謝いたします。

令和元年五月三十日

古谷智子

著者紹介

古谷智子（ふるや　ともこ）

1944（昭和19）年12月18日生まれ。青山学院大学卒業。75年、「中部短歌会」入会。現在同会編集委員、選者。春日井建、稲葉京子に師事。歌集に『神の痛みの神学のオブリガート』（85年、ながらみ書房）、『ロビンソンの羊』（90年、同前）、『オルガノン』（95年、雁書館）、『ガリバーの庭』（2001年、北冬舎）、『草苑』（11年、角川書店）、『立夏』（12年、砂子屋書房）、評論集に『渾身の花』（93年、砂子屋書房）、『歌のエコロジー』（共著、94年、角川書店）、『河野裕子の歌』（96年、雁書館）、『都市詠の百年』（2003年、短歌研究社）、『幸福でも、不幸でも、家族は家族』（13年、北冬舎）、『片山廣子』（18年、本阿弥書店）がある。

中部短歌叢書三〇一

デルタ・シティー

令和元年七月七日　第一刷

著　者　古谷　智子

〒184-0012　東京都小金井市中町一—六—二一

発行者　奥田　洋子

発行所　本《ほん》阿《あ》弥《み》書店

東京都千代田区神田猿楽町二—一—八　三恵ビル

〒一〇一—〇〇六四

電話　(〇三)三二九四—七〇六八(代)

振替　〇〇一〇〇—五—一六四四三〇

印刷・製本＝三和印刷

定価はカバーに表示してあります。

ISBN978-4-7768-1429-0 C0092(3145)　Printed in Japan